群山叢書第二七六篇

歌集

一本の道

牧野　房

現代短歌社

目次

一本の道

十日月

二〇一二年

吾妻嶺の峰を隠せる冬靄の昼過ぎをなほ盆地
にこもる

暮れなづむ空に十日月白く光り政権争ひを見
よといふごとく

柔かき一言いへばよいものを諛《へつら》ひたくなし老の一徹

歌の友より度々われに電話あり君を案じて老いを歎きて

待ち待ちし今日の吉《よ》ごとを寿げり苦楽を越えよ共に携へて
悠へ

マスカットの葡萄の棚の下行けば自在なる心
急に湧きたり

最後とし『蒼茫』編みたる盂蘭盆に亡き夫の
声いましむる声

校歌作詞に執着せる語一つあり黄蝶はしばし
巡り去りゆく

「夕づるの里」は諾へど「夕づる」は許せぬ
と聞き心寂しむ
木下とみ子さん

桜もみぢ輝く並木を見つつをり後《あと》幾たびを出
会へるだらうか

久々に聴くカルメンの組曲に昂ぶりしづめむ
桔梗の花に

いつもの如く原稿用紙を買ひ込みて使ひ切れ
るかとふと思ひたり

妻に書きし「許して下さい」の詫び状は北杜
夫なり微笑ましかり

優劣を争ふオリンピックに敗れし者の痛手を
思ふ老いてひとしほ

移る世をつぶさに見て来しと自負すれど識らぬことの余りに多く

頼らるるをわが喜びてこの秋もスーツを着こみ中学生の前

後を継ぐ誰かを信じ少年少女に短歌教ふる二時間半を

冬川の音

二〇一三年

永らへて迎ふる夫の三十三回忌冬川の音心にぞ沁む

夫亡き後の孫三人つつましく本堂に坐す慈しみ給へ

生きて夫の回向するのは最後かと若き僧の経
に耳傾ける

自らのためにをろがむ茂吉の歌に衰へしわが
思ひ切なり

西風のつのりくるこの夕つかた庭に積りし雪
舞ひ上がる

かたくなに夫亡き後を凌ぎこし八十過ぐれば
気まま勝手に

心通ふ友らが話を聞きくれぬ雪止まぬけふ思
へば茂吉忌

亡き夫を語りくるる友二人となり共に歌詠む
縁よろこぶ

ヒマラヤを上空より見むと子は出かけ留守居のわれは炬燵に居眠る

老いわれはビデオ見るのみに心満つ子が恋ひてゆくマナスルマチャプチャレ

十日程の独りを案じ梢の電話凍る道に出るなと念を押す

読みし本なべて忘れてまた借りるこの繰返し
にも心足りゐる

共に夫の墓並び立つわれら三人蕾の花の下に
あひ会ふ

知恵の水

二〇一三年

知恵の水飲む喜びも久々に友を案内す若葉の
文殊堂

「避難せよ」まさかわが身に起こるとは吉野
川氾濫に怖れをののく

深田久彌泊りしといふこの宿のさま変りせし
もしるき硫黄の香

熊野岳に子と孫と共に登る願ひ遂に果せし長
男夫婦は

長く臥す君は苛立ちわが慰め言へば言ふほど
機嫌損ねる

若きより穏やかに訓す君なりき日々語気強く
たぢろぐ幾たび

唐突に「今まで有り難う」と君の言ふ弱りし
声に思はぬ涙す

きびしかりし優しかりし君の声いまも聞こゆ
る永久の導き

白きまろき月中天にかかりをりたどきなき歩みを元気づけるか

何げなく友はわが手をとりくれき深山観音の階下るとき

萱草

二〇一三年

椿の木に巣作る便追《びんずい》を楽しめり日々育ちゆくその小世界

白き雲流るるさまにしばし思ふ人は老いゆく心もかはりて

朝な朝な農道歩むに人影なしその都度出会ふ
青鷺ひとつ

耳寄せて書きし君の歌終《つひ》となり長き縁を思ふ
切なく

君逝きし医院の跡の萱草をひたなびかせて西
風の吹く

降る霧を顔に受けつつ歩みをり成すことのあ
りわが老いの身の

八時過ぎ薄雲流れて見る満月かくもうるはし
常より五倍ほど

八十四歳姿勢正すも容易にあらず『蒼茫』へ
の賞を押し戴けり

巻紙に書をしたためし父を偲ぶ拙きわれの筆持つことなく

椋鳥のわるさは知らずと広介言ひき「椋鳥のゆめ」を好めるわれは

老いわれに

二〇一三年

老いわれに目やすの二〇二〇年生きると言ひ無理かとも言ふ

山頂の輝く日の出に真向かひて時の間立つにしるき稲の香

さりげなく己れの醜はかくさむに人は解放す
無意識のうち

光うするる夕べの空に問ひてみる惚くるなく
われ往生できるや

憧れて訪ひ来し平山郁夫展「シルクロード」
のこの青の色

左右より見れば構図の異なれる「パミール高原を行く」は圧巻

この春に閉校となりし小学校かつての生徒と嘆かふ涙に

平維盛《これもり》生きてわが地に逃れ来しと熱く語るにわれ同調す

維盛が背負ひ来し仏像拝まむと訪へば開帳は
五十年の後《のち》

張りつめし日々のはやも暮れゆくかわれ賞を
受け君逝きし年

籠る部屋に子が持ちくるる啓《けい》翁《をう》桜《ざくら》春の香り
すいつとき和む

エンディングノート

二〇一四年

要領よく接する人あり子に言へばさうしたいのかと言はれて黙る

字の書ける今のうちにと貰ひたるエンディングノートなかなか進まず

朝明けの早しと思へど雪明り浅き眠りに再び
まどろむ

井上ひさしわが歌集を手にせしか小松小学校
の歌慕ひし君か

蓮華寺の古き紋瓦一つ持つ若く訪ねき茂吉歌
碑建立の

ただ一度佐藤佐太郎と語りにき蓮華寺茂吉歌
碑建立の朝

やりばなき怒りもややに紛るるか声あげて読
む『寸言力』を

悲しみを遣らはむとして雪を踏む茂吉をまね
ぶわれにあらねど

衰へし心をしばしかきたてし作家の死悼み過
ぎゆくこの春

心許し死後の事など語り合ふひとときのあり
桜花かげ

老いわれに十歳下の生徒がくれし写真はセピ
ア色六十四年前の

軍払ひ下げ行軍用スキーに遊ぶ児らああ満面の笑顔の写真

昭和二十五年

物書きをやめれば耄けると医師言へり励ましたのかと思ふ他なし

君を惜しむ

二〇一四年

在りし日の君は自説を曲げざりきはにかみながらほほ笑みながら

笹沢信氏

苦労して「置賜《おいたま》集」を編みくれき君の心をいまに思へり

残生の幾許《いくばく》ならむ老いを置き駈け抜け逝きし
命悲しも

逝きてはや一年となる師を偲ぶ三人寄ればす
ぐ思ひ到りて

金子阿岐夫氏

亡き夫と飲み合ひし友けふ逝きぬ言葉穏やか
に一徹なりき

高野栄一氏

幾度か電話にて教へ乞ひたりき心おほらかな
君を頼みに

高橋宗伸氏

静岡歌会に二人携へ意気込みき思ひは深し君
の今亡く

慰め合ふ夫も兄弟も友も亡し供ふる葡萄をつ
まむ独りに

不忘山

二〇一四年

漆の葉濃く色づける川原の瀬音ひびけるこの
山の宿

白き雲の見る間に移り不忘山の頂きが見ゆ遠
刈田の朝

愛くるしき小狐の貌垣間見て孫と手をとり喜びあひぬ

さまざまのこけしの説明まかせてと老いわれのいささか得意気

不忘の山をはるか越え行く若き日の淘綾画伯をわがまぼろしに

照り曇る視界に嬉し一瞬をいたや楓の眩しき
谷間

蜩の澄み透る声聞きをさめ美術館へ向かふ孫
と携へ

風景が好きとしばし立ちどまるセザンヌ描き
し「マルセイユ湾」

晩秋の野

二〇一四年

晩秋の野を車にて駆けぬける八十六歳今のうちにと

芭蕉浴みし湯脈は絶えて石ぶみの巡りに紅の落葉を探す

牧水もこの十綱橋に凭りたるかいま白鷺のゆく川上の方

歌に残る「水色の風」はつひ吹かず宿の三日をわれは散漫

風強く日のあたたかき棚田の上あまたの山猿餌あさりをり

帰宅して盆地霧上がる昼過ぎを大根白菜日に
並べ干す

杜鵑草の花一輪の散り残り枯芝の上を吹かる
る落葉

幾度も独り言いふ老いの傍いくほどもなくわ
が姿かも

母に享けし楽天家のわれは救はれき苦にすることなく今まで生きて

歌詠む人を慕ひ早く亡き姉の妹のうた読むことのなく

戦争懺悔歌

二〇一四年

白木の箱の中は砂うへに海軍士官帽わが少女の記憶

釜石への艦砲射撃音怖かりき今に語りぬ老い衰へて

天皇も疎開のことを言ひ給ふみなつらかりき
健気《けなげ》なりき

戦ひを知る友ら逝き生き残り独り歎きぬ戦争
懺悔歌

英霊といつても子には通じない玉砕を知るわ
れの弔《とぶら》ふ

出征する兄との家族七人の写真を抱くひとり
残りて

歩調とりし少女の日々をふと思ふ老いの健康
体操しつつ

全校生で宣戦布告を聞きし後戦勝祈願に向か
ひきわれら

しき降る雪

二〇一五年

この年の初詣われ果せしとしき降る雪うけ茅の輪をくぐる

本殿裏の兎の彫刻探さむと孫ら去りゆき篝火に寄る

三日ほど独りで無事にゐてくれよと子は言ひ
て嫁の母の元へ

こやみなく降る雪案じ家ごもる折々窓に立ち
天を仰げり

降る雪は積り積りてわが丈ほどスコップをさ
せば蒼き影もつ

硝子戸の外は深雪に視界なし本を閉ざして春
を夢見る

仏燈をLEDに変へせめてこれぐらゐはとつ
ぶやきてをり

うつつには許せざることつぎつぎ起こり老い
われ黙すなす術《すべ》のなく

おのづから気力湧く日の友の訃報忽ち萎ゆる
わが足と腰

誠実な歌を詠みにし友のいま病ひに苦しみ余
裕のなきか

白鶺鴒

二〇一五年

駐車場の雪散らしつつ白鶺鴒が車の下へゆく
早く出でこよ

かく齢重ねしわれに出来ぬもの指折り数へむ
なしくなりぬ

照り反す雪の野中の道をゆく人の小さし車の小さし

雪解けの雫の音を聞きつつ飲む吉野の葛は友が賜物

なぐさみに飾りたる雛拝みたり孫の美早《みさき》の結婚決まる

若き日に茂吉調なしと破門されき今を詠みゐるわれの幸ひ

雪深く墓まで行けずと子が戻る夫よ許せよ彼岸中日

隠れ飲む煙草を快く吸はせればと夫亡き後に思ふ今ごろ

センサーに反応し啼く鳥の声それさへ嬉し雪
舞ふ店さき

何にかく侘しきと窓に立つ伸びし朴の芽に雪
降りしきる

六年三組

二〇一五年

今といふ時を楽しまむ旧三組の六十八歳とわれ八十八歳

老いわれに知らせむと示す名を記す拡大卒業写真有難し

衰へて視野狭きわれを囲みて語る小学校の思ひ出数々

少女の日倭《やまと》舞せし神殿前祈り多き老いを見守り給ふや

歩みを支へ労りくるるかつての生徒ら初老となりて加護を祈れり

雪囲ひはづせば狭庭の広く見ゆ馬酔木の花の
匂ひうれしも

難を転ずと兄植ゑき南天雪に折れ雪消えし庭
に兄を偲べり

ほほ笑みつつ信強き君と寄り添ひて家業を継
ぐとふ真幸《まさき》くあれよ

美早へ

トマス神父は穏やかな笑みを返したり焦りつ
つ言ふ祖母の祈りに

桜前線

二〇一五年

わが町を飛び越す桜前線の南下するのは四月
下旬か

軽き服軽きバッグに外出す若き日はつゆ思ひ
みざりき

五月風に菜の花畑なびきをり佇むわれの若やぐ思ひす

後幾度来られるだらうこの宿になじみし庭石しみじみと見る

ま向かひに白き家建ち道をはさみ一位の緑の借景となる

欺く人欺かるる人かくも多し新聞を手に老い
われふさぐ

戦中派われ九条を危ぶめり武力政策進むリス
ク隠して

家持も定家も心病みしと知る晩年はみな心病
むのか

子と暮すも独りの生活もおのおのの悩み尽き
ずと頷き合へり

前田慶次描く苗を植ゑしとふ田んぼアートを
また見にゆかむ

わが書棚

二〇一五年

わが書棚二重三重にうづもりて目当ての本を
探せず終る

市を詠める歌を編まむと歌集読む老いには日
増しに難儀となれり

七十年の時代の変化著し纏めむとして怖れ抱けり

心優しく励ましくるる人のあり疲れたる身のしばしやすらふ

自らの為にもと抄出の数百首亡き人の鎮魂となれば嬉しも

からうじて浄書終りぬ今日の午後降りくる雨
の安けくわびし

寝ねむとしさまざまな思ひ浮かびくる速やか
に単純に編める筈なし

『扇畑忠雄遺歌集』届く読む前に遺影の君に
手を合はせたり

桐の花

二〇一五年

亡き夫と同じく諌める子の言葉時に疎まし時に嬉しく

桐の花ほつほつ咲きて母恋ふる白帷子揃へ逝きたる母よ

三年ぶりの閏秒《うるふ》を意識して標示を見守る生きてゐる証しに

電話にて言ひたきを言ふお互ひに結社異なればためらひのなく

思ひ込めし歌つぎつぎと詠む友の入会せるは励みとなれり

抗がん剤に耐へし友が久しぶりよき歌もちて
今日の歌会に

あるがままを諾ひつつもかすかなる望み抱か
ずば生きてはゆけぬ

いつしかに庭の朴葉の広ごりて梅雨にいきほ
ふ緑色よし

行末のことを思へば心せくわが避け難き務めのありて

やり遂げむ志《し》もしだいに薄れつつ流るるごとく夏の雨降る

百穂碑

二〇一五年

夕鴉の啼くをききつつ見まはせり腰痛理由に
除草せぬ庭

会場が和室か椅子か危惧せるも足弱くなりし
ならひとなりて

頼らるるうちは幸せと思へども断はらむと今
日心定まる

咲き続くメリーベルの鉢に水注ぐけふより四
日の独りは複雑

玉音を初めてラジオに聞きたりし十六歳の喜
びと不安

薙刀を習ひしわれら競ひあひ英会話の本を求めたりき

年々に今日が最後と思ひつつ夫の墓への坂道登る

体調が元に戻らぬと嘆く友心も癒えぬらし如何に応へむ

百穂碑に集ひき友の五人亡し足弱りひとりかの日を恋ふる

生きる証し残さむなどとは大仰な人並にけふも老醜《しう》さらす

乳白色の湯

二〇一五年

車より降り立つ木立に硫黄の香流れて来たり
あたり見まはす

恋ひ恋ひて来し野地の湯にうからと集ふ今宵
の宴心に刻む

生きのびて昨日を今日を労られうからの笑顔
に囲まるる幸

おそるおそる乳白色の湯に入りぬ浮かぶ木の
葉を手にすくひつつ

露天湯の数々ありて会ふ人ごと登攀の達人と
知り驚くわれは

降る霧の次々流るるるをまさに見る標高千五百
の樹林のなかを

福島の灯のちかちかちかと見ゆる窓辺夜霧押し寄
せ冷えつのりくる

再びは叶はぬ出合ひか見上げをり鬼面山のそ
そり立つ緑

国道にて僅か仰ぎし吾妻小富士いま目の前に
噴煙のぼる

赤肌の吾妻小富士の頂きに日の差す見れば忽
ちかげる

鳥ひとつ見ぬこの原に梅鉢草の風に吹かるる
さまの愛しも

ガスに注意の立札あれど容赦なく車内に入りくる強き匂ひは

九月初め紅葉の雑木目にたちて国見峠にわれは息づく

花梨

二〇一五年

日に温き稲架に手触れ思ひ出づ若き日賑はひし蝗取るさま

アララギ会に虫喰ふ男と呼ばれたる蝗好みし原知一わが師

見渡す限りひろごる刈田を徐ろに雲の影の東に移る

喉に良しと花梨を数個捥ぎくるる人老いたれど身軽な動き

どくだみを煎じ飲みゐき亡き母よわが家裏に増ゆるを除かず

広きを求め生きむ思ひに本を読む速度は落ちて長続きせず

衰へて家を守れぬと急に言ふその張りのある声確かなれども

加藤淑子さん

生垣の満天星の葉のくれなゐは夕べの風に落ち尽くしたり

ラ・フランスは君がみ心と詠みまし師のな
つかしく迫りくるもの

定めなき朝の空の晴れわたり集ふ二十名の退
職者われら

祝ぎくるる友らに感謝すこの後を如何なる老
いをわれは過ぎむか

児らと共にダリア描きしをまざまざとすこの
大輪の花園の前

強き風にダリアの花の揺れやまずそれぞれの
色それぞれの向きに

日記帳

二〇一五年

来る年も生きるつもりに日記帳求めに出づる木枯の中

わが作歌いつまで続くか危ぶめど今宵の夕餉に柚子の香のたつ

夢などを共に語りしに友は去る長き交りをまた思ひをり

傷心を人に言ひて何になるや新しき日来たりすぐに過ぎゆく

オリオンの輝きに心気負ひにき老いてうらさびし厭ふにあらねど

子ら遊ぶ姿見かくるは何年ぶりかスーパー跡
に家建ち並ぶ

悲しみに耐ゆるに馴るる老いの日々しばし安
らふ鉢の蠟梅

顧みて

二〇一六年

最上川源流近くの水の音老いの嘆きの流れ去るごと

列車乗り継ぎ共に歌会へ通ひにき友二人亡し
寂しさひしひし

歌がうまくなる秘訣を聞きし会員に俺が聞きてえと返せし文明

クレソンとは芹なのと問ふわれに草子《かや》さんの笑み今も忘れず

周平さんが清水房雄論書くと言ふに断はりたりし君が心根

周平を偲び清水先生と巡りにき海坂藩鶴岡の
地を

百歳の君が詠みくれしみちのくのラ・フラン
スの歌にほのぼのとをり

来る年は賀状書けるかとふと思ふ手書きでな
ければわれにふさはず

孫らとの話解からず恃めなきわれとなりしか
部屋に退きたり

顧みることのみ多き日常にけふ用あれば心勇
み立つ

脳トレゲーム

二〇一六年

しまひ置くあかきジャケット今年は着むか
日々を平らに難を避けたし

皆が読めば気負ひて読みし小説『火花』進む
に手間どり自嘲するのみ

飛ぶ雪は地に落ちてすぐに消えゆきぬ盆地を囲む山も曇りて

こんなにも記憶薄れしかと落ち込めど脳トレゲームにまた挑戦す

暖かき二月の光身に受けて生きゐることに感謝してをり

電話にて歌のつながりに生き来しを歌なき友
の病ひ気づかふ

映像のアルバートホールにさびしめりいづこ
へも行きしあの頃かへらず

白鳥北帰行

二〇一六年

好みたる浅つきを供へ春を待つ二月はさびし夫逝きし月

夫婦して長男の子をあづかりて海辺に遊びし幸せのとき

仏前に愚痴をのべしもありなれて老いの無事
のみ祈る此のごろ

ゆとりなき老いの日なれどけふを見る澄む空
をゆく白鳥北帰行

自らも人にも喜ばるるを一つでも遂げむと思
ふ老いの感傷か

晶子詠み後世に今も愛さるる阿弥陀を釈迦と
とり違へても

寒の日の差す部屋に読むチヨヱさんの『齋藤
先生病床日誌』

五十六名率ゐしことの忘れ難し戦後教室の机
上歩く児ら

日の差して芝生乾きしその上を舞ひゆく小さき白蝶ひとつ

見まはせばわが家古びて囲まるる形の似たる新しき家に

あの日ゆゑ

二〇一六年

些細なるかなしみのたび必然に何十倍苦しみし人らを思ふ

あの日ゆゑ命落とせし甥その嫁の母を気づかひ探さむとして

頼り来し甥は俄かに逝きてしまひまた三月が
来る老いたるわれに

故郷回帰せぬ訳聞きて手を握る老いてふるさ
と恋はぬ人なきに

この牡蠣は宮城産と求めたり喜びと共に命や
しなふ

放射能に苛められたと詠む友の笑顔たのもし
祭り復興も

八戸仙台福島へ孫は嫁ぎ津軽の嫁ゐるゆかり
尊し

千本桜

二〇一六年

道路より園の桜を見しのみに心満ちたり足さすりつつ

仰ぎみる千本桜の桜色被災の人ら思へばかなし

関連死の嘆きはわが身に沁みにけり心疲れに負けず生き給へ

「築三十五年以上耐震化せよ」それが叶ふならと憤りをり

雷を伴ふ今朝の雨に濃く淡く緑いきほふ庭の雑木々

誰にでも話せる性《さが》の欲しといふありのままの
装はぬわれに

休み休み続け遂に編む歌集亡き人らのため自
らのため
『南陽市のうた』

苦しみて編みし歌集よ先に逝きし師友五十の
供養となるや

文明がわが市を豊かと詠みし歌市民に披露す
けふを喜ぶ

木や虫に話しかけよと児らに言ひき錦三郎を
思ひ敬ふ

歳を忘れ励みしことも済みたれば心たぎちも
ともに薄るる

珈琲をともに味はふ老いてより友との会ひを
心待ちして

山百合の香に満ち満つる峠越え越後へ行きに
き若きかの日に

熊野岳

二〇一六年

若葉の奥熊野岳見ゆ雪残り懺悔坂のかくも嶮しく

雲の間の晩春のひかり見上げをり子は半袖にわれ厚着して

うす紫の藤の花咲く丘越えて今年も来たりぬ
茂吉生《あ》れし地

歳ゆゑに来年はまた来られるかと知る人少な
き会場見ますはす

今在れば父は百歳といふ茂一さんに親しみ湧
けり若きらのなか

緊張するひとつがあれば疲れ覚ゆ老いのわが
身に学ぶは難し

老い同志会ひて構へなくなつかしみ若きらと
の対話はしどろもどろに

み墓へも歩めぬわれを許し給へせせらぎを聞
く須川橋の上

今日の主題「生きものの歌」読みゐれば子は
興味持つ蛙の歌を

昭和二十二年茂吉は二度もわが町へ来しかと
驚く若きらの顔

桜青葉とすでになりたる木の下をよしなきこ
とに迷ひつつゆく

予期せぬに君が短歌を始めたり光となるか見
守りゆかむ

螢袋

二〇一六年

雨あとの夏椿の花いきいきといまだ散らぬを喜びとする

稀まれに真の言葉いふ従姉九十七歳の笑みありがたし

楓の下螢袋の咲きむれて梅雨の晴間を紋白蝶
とぶ

品格をよしとする君の一言かへる思ひあり衰
へて殊に

遅筆堂にわが初版の歌集ありき嗚呼昭和五十
四年の小松よ

好きなもの何でも食べよと勧むる医師齢《よはひ》思へば当然のこと

銀座歩み妹とのショッピングを懐しむ六月尽日命日のけふ

古文書の会

度々を目にせし仍如件《よつてくだんのごとし》それのみ読める怠け者われ

家康が寝返り諫める手紙ぞ是《これ》真田伊豆守の心境如何に

父母の知らぬ歳月のわが生をゆつくり歩む恩恵ならむ

やすらぎの居場所はやはりこの部屋か夫の遺
影を近々と見て

わが命きはまるまでに詠まむとし思ひいだせ
ぬ昨日のことを

一本の道の未だしみづからの拙さをつね曝け
だしつつ

あとがき

一九四六（昭和二十一）年、宮内町（現在の南陽市）に宮内アララギ会が発足しました。

「山影」のあと、昭和四十七年より五十八年迄の会誌「一本の道」の名と加藤淘綾画伯の絵を思い出にいただきました。

二十代の至らぬ私を短歌へと導いて下さった黒江太郎、金子阿岐夫両師の亡き後を継いで、平成二十五年よりふつつかながら会の代表を務めております。

第五歌集『蒼茫』以後の「群山」「青南」「現代短歌」誌などに発表した中から二百八十首を自選しました。

昨今は、一日一日と深まる老いを自覚しています。今の間《ま》に何とか自分の力で八十八歳の過ぎ来し方を留《とど》めたい気持ちに駆られた次第であります。これまで長い間支えていただいた多くの方々に感謝のしるしとなれば嬉しく思います。
此のたびも快く群山叢書第二七六篇として下さった徳山高明編集長、出版についで種々のご配慮を賜った現代短歌社の皆様に、厚く御礼申し上げます。

平成二十八年九月二十一日

牧野　房

歌集 一本の道　　群山叢書第276篇

平成28年11月1日　発行

著 者　牧 野　房
〒999-2222 山形県南陽市長岡515-1
発行人　道 具 武 志
印 刷　㈱キャップス
発行所　**現 代 短 歌 社**

〒113-0033 東京都文京区本郷1-35-26
振替口座　00160-5-290969
電　話　03(5804)7100

定価2500円(本体2315円+税)
ISBN978-4-86534-178-2 C0092 ¥2315E